伊索寓言繪本系列

龜兔賽跑

圖文：馬克辛·李·麥凱
翻譯：曾筱涵

園丁文化

園丁文化

伊索寓言繪本系列

龜兔賽跑

圖　　文：馬克辛・李・麥凱
翻　　譯：曾筱涵
責任編輯：黃偲雅
美術設計：許鍩琳
出　　版：園丁文化
香港英皇道 499 號北角工業大廈 18 樓
電話：（852）2138 7998
傳真：（852）2597 4003
電郵：info@dreamupbooks.com.hk
發　　行：香港聯合書刊物流有限公司
香港荃灣德士古道 220-248 號荃灣工業中心 16 樓
電話：（852）2150 2100
傳真：（852）2407 3062
電郵：info@suplogistics.com.hk
印　　刷：中華商務彩色印刷有限公司
香港新界大埔汀麗路 36 號
版　　次：二〇二二年十一月初版

ISBN: 978-988-7658-31-3

18/F, North Point Industrial Building, 499 King's Road, Hong Kong
Published in Hong Kong SAR, China
Printed in China

前言

《伊索寓言》相傳由古希臘人伊索創作，結集了來自世界各地的故事，約三百多篇。

《伊索寓言》對後代歐洲寓言的創作產生了重大的影響，不僅是西方寓言文學的典範，也是世界上流傳得最廣的經典作品之一。

《伊索寓言繪本系列》精心挑選了八則《伊索寓言》的經典故事。這些故事簡短生動，蘊含了深刻的道理，配以精緻細膩的插圖，以及簡單的思考問題，賞心悅目之餘，也可以啟發孩子和父母思考。

編者希望此套書可以給孩子真、善、美的引導，學習正確的待人處事方法。以此祝福所有孩子能擁有正能量的價值觀。

故事簡介

《龜兔賽跑》這個故事，告訴了人們驕兵必敗的道理。

森林裏有各式各樣的動物，其中兔子因為自己跑贏了狐狸、貓和狼，便沾沾自喜，認為自己是森林裏跑最快的動物，然而在一次與烏龜的比賽中，因為自己輕敵而敗給了烏龜。

有一隻自負的兔子一直認為自己是世上跑得最快的動物，他也為此感到相當自豪。

他認為沒有人能跑贏他，並四處向其他動物炫耀。

「在你們之中，根本沒有人可以打敗我。」

「我是這個森林裏跑得最快的。」

「我跑得比狐狸快。」

「我跑得比貓快。」

「我甚至跑得比狼還要快。」

此時，烏龜走上前去，並低聲地說：「你跑得有我快嗎？」

兔子聽了捧腹大笑着說：

「就憑你？當然是我比較快！」

兔子，那我們來比賽吧。

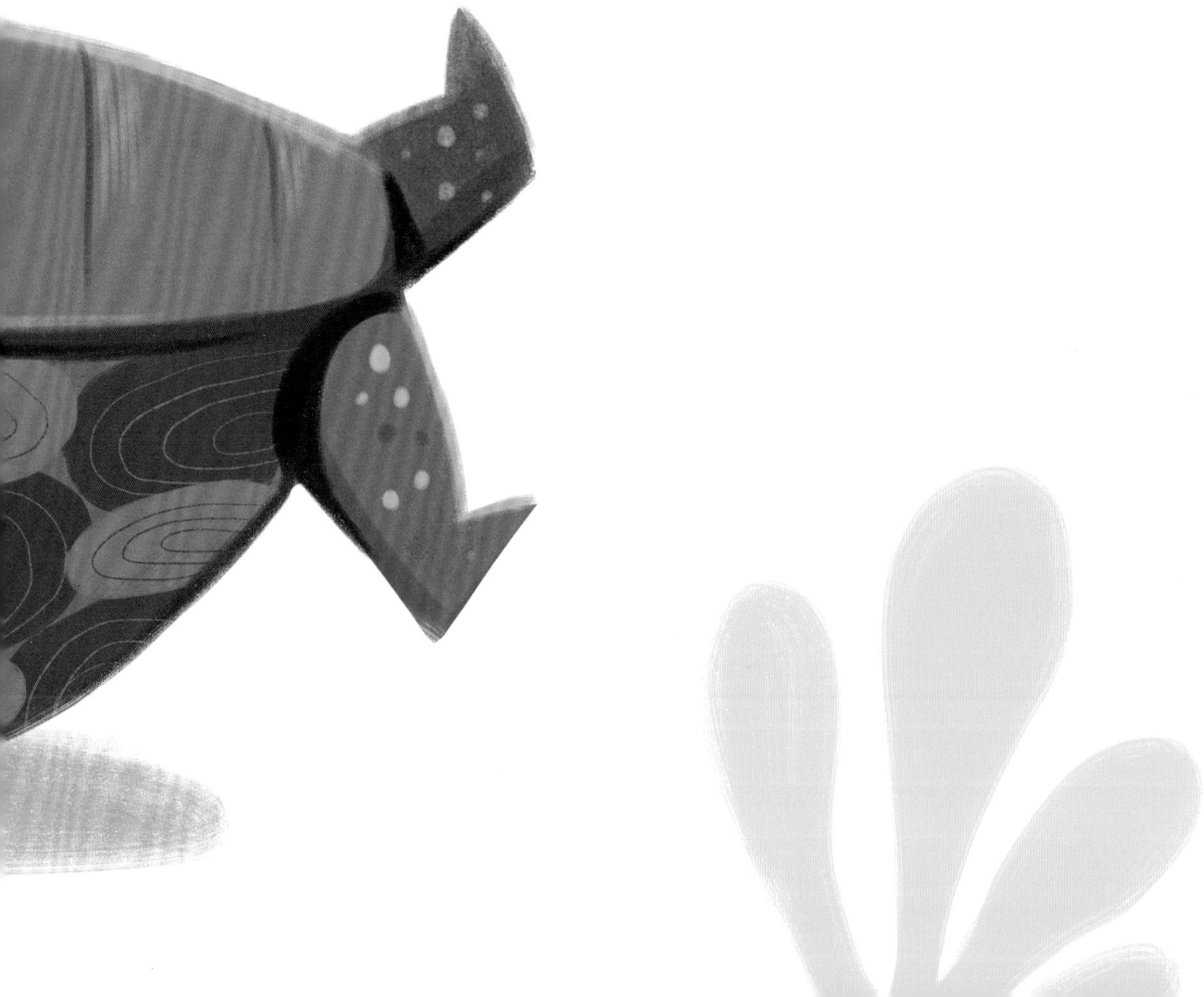

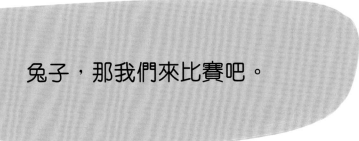

兔子嘲笑烏龜不自量力。
隨後，他們請誠實的狐狸擔任比賽的裁判。

「各就各位，比賽開始！」

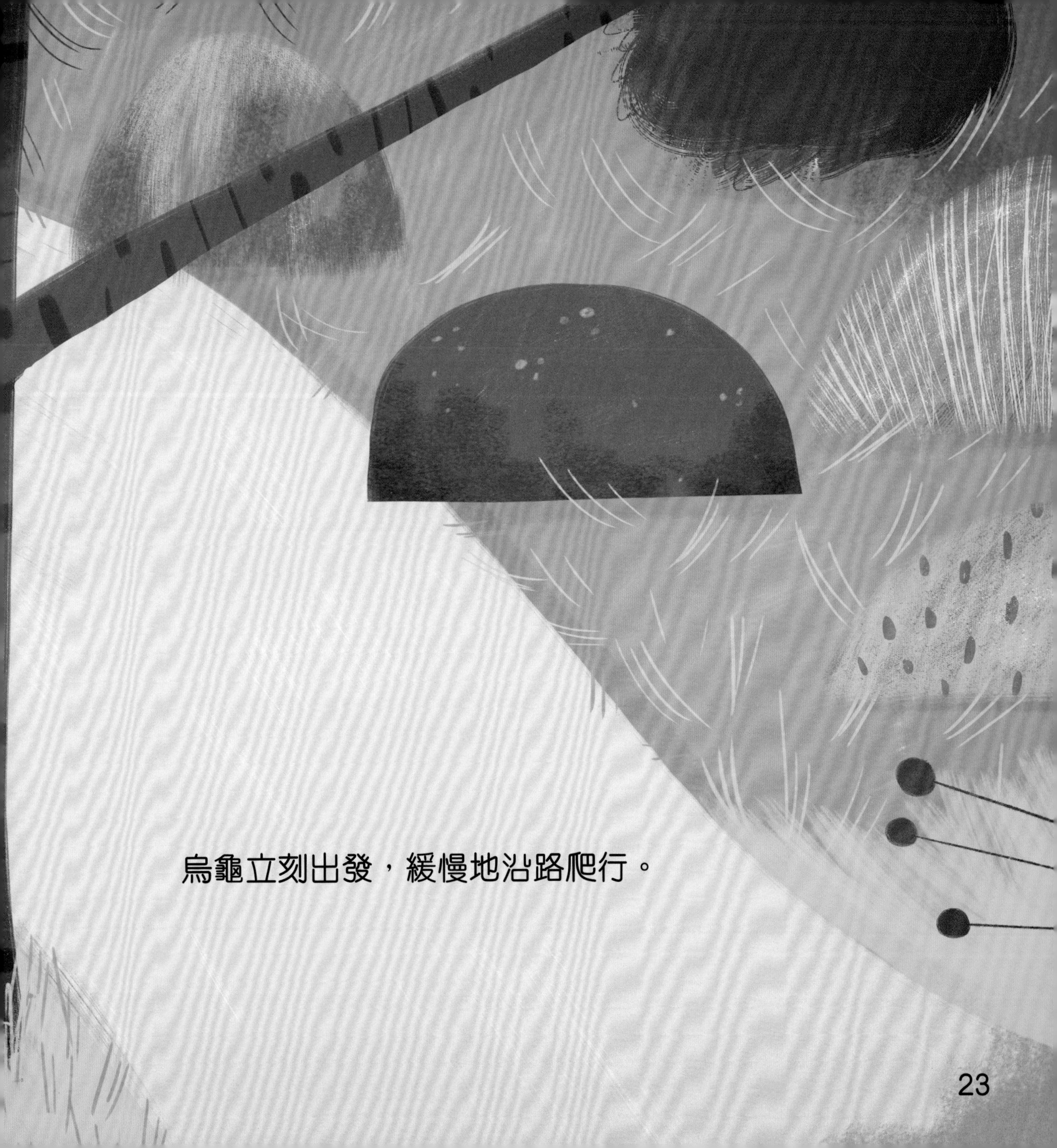

烏龜立刻出發，緩慢地沿路爬行。

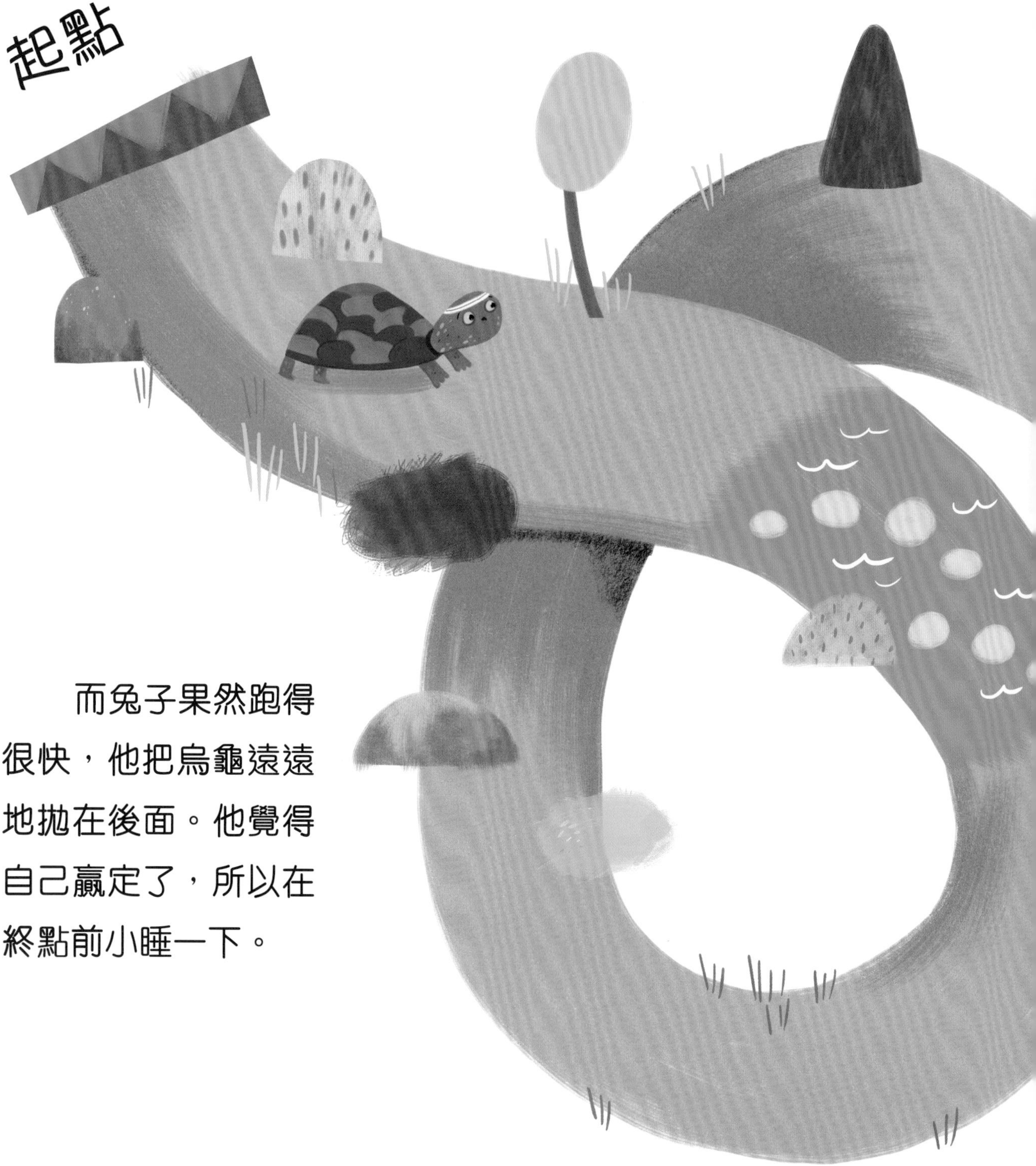

而兔子果然跑得很快，他把烏龜遠遠地拋在後面。他覺得自己贏定了，所以在終點前小睡一下。

終點

不知睡了多久，兔子才猛然驚醒，
他匆忙地往終點跑去。

當他抵達終點時，烏龜早已贏了比賽，
正在與森林的動物們一同慶祝呢！

兔子，你知道你為
什麼輸掉比賽嗎？

知道了……
得意忘形只會讓你停滯不前，唯有腳踏實地才能持續進步。

思考時間

1. 兔子因為輕敵，所以在半路上睡着了，讓跑得很慢的烏龜反敗為勝，你覺得兔子是敗給烏龜還是自己呢？
2. 你有沒有曾經因太驕傲而受到教訓？

作者介紹

馬克幸・李・麥凱（Maxine Lee-Mackie）是一位插畫家，目前與丈夫、兒子以及臘腸狗班尼在英格蘭西北部的利物浦生活和工作。

她從小就愛畫畫，主修數碼藝術的她曾與來自不同國家的出版社合作，給不同的故事和角色賦予新生命。

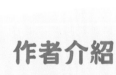